荒野求生

中国大冒险

[英] 贝尔·格里尔斯 著　王欣婷 译

逃离暴风雪

BEAR GRYLLS

湖南文艺出版社
HUNAN LITERATURE AND ART PUBLISHING HOUSE

小博集
BOOKY KIDS

Chinese Adventures Stories 4: Snowstorm
Copyright © Bear Grylls Ventures 2023
This edition is published by arrangement with Peters, Fraser and Dunlop Ltd. through Andrew Nurnberg Associates International Limited Beijing
Translation copyright © 2023 by China South Booky Culture Media Co.,LTD

著作权合同登记号：图字 18-2023-126

图书在版编目（CIP）数据

逃离暴风雪 /（英）贝尔·格里尔斯著；王欣婷译
. -- 长沙：湖南文艺出版社，2023.9
（荒野求生·中国大冒险）
书名原文：Chinese Adventures Stories 4: Snowstorm
ISBN 978-7-5726-1285-5

Ⅰ. ①逃… Ⅱ. ①贝… ②王… Ⅲ. ①儿童小说—中篇小说—英国—现代 Ⅳ. ① I561.84

中国国家版本馆 CIP 数据核字（2023）第 121293 号

上架建议：儿童文学

HUANGYE QIUSHENG ZHONGGUO DA MAOXIAN TAOLI BAOFENGXUE
荒野求生 中国大冒险 逃离暴风雪

著　　者：[英]贝尔·格里尔斯
译　　者：王欣婷
出 版 人：陈新文
责任编辑：匡杨乐
监　　制：李　炜　张苗苗
策划编辑：马　瑄
特约编辑：张晓璐
营销编辑：付　佳　杨　朔　付聪颖
版权支持：王媛媛
版式设计：马睿君
封面设计：霍雨佳
封面绘图：冉少丹
内文绘图：段　虹
内文排版：金锋工作室
出　　版：湖南文艺出版社
　　　　　（长沙市雨花区东二环一段 508 号　邮编：410014）
网　　址：www.hnwy.net
印　　刷：三河市鑫金马印装有限公司
经　　销：新华书店
开　　本：875 mm × 1230 mm　1/32
字　　数：57 千字
印　　张：4.5
版　　次：2023 年 9 月第 1 版
印　　次：2023 年 9 月第 1 次印刷
书　　号：ISBN 978-7-5726-1285-5
定　　价：22.00 元

若有质量问题，请致电质量监督电话：010-59096394
团购电话：010-59320018

贝尔·格里尔斯的求生小提示

灾难当头，想要活下去，你必须：

1. 一定要保持绝对的冷静。

2. 利用好手边的一切物品，物尽其用。

3. 随时了解你身边的环境，熟悉地形，以便危急关头用最快速度找到逃生之路。

4. 如果还有其他选择，不要贸然进入漆黑的陌生环境。

5. 仔细观察，及时发现周围潜在的危险，并立刻远离。

6. 撤离危险区域时，要动作迅速，但决不能奔跑，防止摔倒。

7. 每人每天至少要喝两升水，在极端环境下尤其要注意，防止脱水。

8. 处于未知环境时，最好结伴活动，不要落单。

9. 有时候原地等待救援，也是一个不错的选择。

最后一点，也是最重要的一点，

永远不要放弃求生的希望！

目 录

第 一 章   冰上的火   1

第 二 章   一只饿狼   7

第 三 章   免费的能源   12

第 四 章   大雪   17

第 五 章   慢慢来，一步一步走   21

第 六 章   美味的午餐   27

第 七 章   乘船恐惧症   31

第 八 章   借船   34

第 九 章   启航   38

第 十 章   巨大的冰墙   43

第 十一 章   没有打出去的电话   46

第 十二 章   纹丝不动   50

第 十三 章   站在冰上   54

第 十四 章   吸气，呼气   60

第 十 五 章　　　方案一　　　　　　　　　66

第 十 六 章　　　方案二　　　　　　　　　69

第 十 七 章　　　止痛片和信号弹　　　　　74

第 十 八 章　　　只能步行了　　　　　　　80

第 十 九 章　　　原材料　　　　　　　　　85

第 二 十 章　　　又细又软　　　　　　　　89

第二十一章　　　火和鱼　　　　　　　　　92

第二十二章　　　做雪鞋　　　　　　　　　97

第二十三章　　　"滑"雪　　　　　　　　103

第二十四章　　　雪桥　　　　　　　　　　107

第二十五章　　　捕猎的"老虎"　　　　　111

第二十六章　　　雪穴　　　　　　　　　　115

第二十七章　　　雪中过夜　　　　　　　　118

第二十八章　　　点燃信号弹　　　　　　　125

第二十九章　　　气垫船　　　　　　　　　131

第 三 十 章　　　错误、道歉和原因　　　　134

第 一 章

冰上的火

艾登·托马斯、他的姐姐，还有另外两个朋友正站在结冰的湖面上。四周的长白山脉巍峨嶙峋，山峰被皑皑白雪覆盖，洁白平滑的冰面上铺着一层雪。

在他们脚下，有一团火在燃烧，冰面融化出一个洞。

"这安全吧？"艾登问。他对朋友有信心，但即便如此，他和冰冷的深渊之间也只是有这层冰而已。他认为他们不应该改变目前的状况。

风径直吹过湖面，冷风像一只小动物那样在他的脸上蹭。艾登扯了扯面罩遮住嘴巴和鼻子，只剩下眼睛露在外面。头上戴了毛皮帽，已经很暖和，很舒服了。这下好多了。

大家的打扮都一样，里面穿了件薄层，外面套上防风保暖的外套和裤子。薄层是为了透气，身体的热量会温暖进入衣服里的空气，外面的防风层则可以防止风吹走热量。他们的靴子也很厚，还是隔热的，这样的话，身体的温度就不会被脚下的冰带走。厚实的橡胶鞋底非常防滑，可以抓住任何东西。

"绝对安全。"另一个男孩向艾登保证。他叫英杰，比其他几个人要年长几岁，身材高大，体格健壮，是共青团员。英杰蹲下去看了看用树枝生的火，火堆大概有一个足球那么大。热气已经融化了一些冰，使火堆下沉了几厘米。"快要好了。"他说，"乔，我们得把工具准备好了。"

乔是英杰的妹妹，和艾登以及他的双胞胎姐姐爱玛一样大。乔开始在英杰扔在地上的背包里翻找所需物品，艾登则四处张望着。这里的风景永远让人看不腻。

如果你眯起眼睛朝湖的另一边看去，能见到远处有一条深色的线，那是冰变成开阔水面的地方。湖面其实从来都不会完全结冰，离湖中心越近，冰面就越薄。这就是为什么他们离岸边只有一小段距离。这里的冰面有三十厘米厚，可以保证在上面安全行走。

乔开始把东西放在冰面上。

一团橙色的钓鱼线。

一根木棍。

四根扭弯了的金属丝（这是从旧衣架上拆下来的，英杰用钳子剪成了几段）。

一把刀。刀有柄，刀刃是十厘米长的锯齿钢刃。

一捆冷杉枝。冷杉枝是从城市周边的冷杉林里砍下来的。

一个罐子。罐子里面全是一块一块的肥肉，是从他们父母单位的食堂捡的。

"爱玛、乔，把金属丝弯成钩子。"英杰说，"艾登，伸开你的两个胳膊……"

艾登按要求伸开了胳膊，英杰用钓鱼线量了艾登左右手的指尖之间的距离，然后用刀子切断了钓鱼线。

"我们需要一百五十厘米的线，这个长度就差不多。"英杰说，"钩子做好了吗?"

乔拿着线，艾登小心翼翼地把线系在钩子的末端，每个钩子之间相隔大概十厘米。

"我们不知道鱼会从哪里来。"英杰解释说，"所以要把钩子系在不同的高度。帮我拿一下，乔……"

乔一手抓住线的一头，竖着拿起来，以防线

被风吹弯。英杰打开罐子，开始把肥肉挂在钩子上。他一边做一边说："你们任何时候都可以这么做……为了娱乐……或是迫不得已，比如被困在山里或其他地方的时候。重要的是要有合适的工具，就算没有，也可以因地制宜。"

英杰退后几步欣赏起自己的作品。肥肉块在风中摇晃，油光闪闪。他又用手戳了戳肥肉块，以确保它们都挂好了。

"如果在山里没有衣架，要用什么做钩子呢？"艾登问。

"手边有什么就用什么。如果在野外，可以用尖的木块，或者自己装备上的金属部件，比如背包的支架。"

"假如没有背包呢？"爱玛开玩笑地问。英杰眯了眯眼睛，假装做出严厉的表情。

"那你到野外做什么呢？记住，永远都要带齐装备！"他看了看火堆，"融化得差不多了，开干吧。"

英杰见脚下有几根还没用上的木条，就把它们当作火钳，从冰洞里取出了烧着了的树枝。树枝被扔在冰面上，火发出刺刺的声音，慢慢地熄灭了。

现在只剩下一个圆形的冰洞，近三十厘米深。底部的冰是灰色的，已经快融了。英杰用树枝一戳，清澈的湖水就溅了起来，随着树枝的搅动，洞底的冰都变成了"冰糊糊"。

"搞定。"英杰骄傲地打量着自己的作品，之后他用树枝把"冰糊糊"推到一边，这样洞中央就只有湖水了，"如果不用这个办法，我们可能要用斧子花上一个小时凿冰，到时候弄得胳膊酸痛，满手水泡。现在我们开始钓鱼吧！"

第 二 章

一只饿狼

英杰把钓鱼线的另一端系在他的木棍上,然后轻轻地放到洞里。大家都朝下看去,只见鱼钩从水面消失,最终沉入水底,只剩下放在洞边的木棍拉住了绳子。

爱玛注意到洞中央的湖水已经比之前少了。

"要结冰了!"她大叫起来。

"这就是为什么我们需要这些树枝。"英杰说着伸出了手,乔迅速把冷杉枝递给了他。他把树枝放在洞中,一端浸在水里,另一端露在外面。很快整个洞里都放满了冷杉枝。

"你说得没错，水很快就会冻上。"英杰解释道，"所以如果有鱼上钩，我们是不会知道的，因为线已经被冻住了。放上这些树枝就能让洞不被冻住，树枝周围的水可能会结冰，但也只是薄薄的一层，我们拿走树枝的时候，冰就会裂开。"

"那要过多久鱼才会上钩？"艾登问。

英杰耸耸肩："现在有可能已经有鱼在咬钩了，只要咬了它就跑不了了。钩子至少要放几个小时，一般会放一整夜。睡觉前准备好，第二天就能吃到新鲜的鱼了。"

"哦，好吧。只能等明天了。"

爱玛不用看手表也能猜到时间。太阳已接近山顶，很快就要日落了。所以"放几个小时"肯定就是"放到明天"的意思。她有点失望，本来还期待着能抓到点什么呢。

"而且，我们要尽快回到室内。"乔指着远处说，"大概还有一小时就来了。"

爱玛和艾登朝她指着的地方看去，那是南边城市的方向，但比城市所处的位置更高、更远。

一团黑云正向他们这边移动，大地暗沉下来，就好像黑夜从反方向降临。云在很高的地方，高得和天空融为一体，一直延伸到地平线。

艾登吹了声口哨。

"看上去……我不知道。"他说。

爱玛知道。

"像一只狼，"她说，"一只饿狼。"

一只偷偷靠近羊群的饿狼，悄无声息，却极其致命。在被狼咬住喉咙之前，羊永远也不会知道狼的存在。这团云看上去很不友好。

"你说得很对。"英杰说，"云一般都表里如一。如果它们是明亮的、毛茸茸的、友善的，那就没什么可担心的。但如果它们黑暗且愤怒，那就要小心了。现在它们绝对是黑暗且愤怒的。乔说的没错，不到一小时它就会过来，它将在我们的头顶刮起巨大的暴风雪。"

爱玛朝四周看看。太阳已经落到了山顶，黑影在湖面蔓延开来，她知道就算不在山里，太阳落山后气温也会降低，就算没有暴风雪来袭也是如此。她绝对不想天黑后还待在冰上，只跟寒冷和星星做伴。

"我们进去吧！"乔说出了每一个人的心思。

"还有一件事要做。"英杰说。他从背包里拿出一捆短短细细的管子，连在一起后，就变成一根几米长的杆子。他把杆子的一头插在冷杉枝中间，把另一头绑在系着钓鱼线的木棍上。最后，英杰在杆子上系了一面小红旗，再用手拉一拉，以确保系紧了。

"你觉得我们明天会找不到这里？"爱玛有点不敢相信地问。英杰抬眼看了看靠近的云团，笑了起来："是的！"

　　他们最后检查了一次洞口，然后就聊着天，踩着冰面开始往城里走了。

第 三 章

免费的能源

环绕在湖边的都是陡峭的山坡。山坡的下半部分长着茂密的冷杉林，远看白色的积雪和深绿色的树顶斑驳交错。山坡的上半部分只有黑色的岩石，岩石被白雪覆盖，直至锯齿状的顶峰。城市在五十米之外，建在湖岸边为数不多的平地上。

远处是长白山，一座火山，长白山脉就以它命名。虽然它在几千米之外，看上去却近在眼前。长白山海拔两千五百米，平平的山顶白雪皑皑。爱玛和艾登知道他们要住在一座火山附近时，都有点害怕。但他们的爸爸妈妈告诉他们，这座火山上次爆发还是在 20 世纪初，已经是一百多年前了，而且那也是一次小规模的爆发。

他们沿着来时的脚印往回走。"你哥哥是在学校里学的这些吗？"爱玛问乔。

乔笑着回答："有的是。有一些是和爸爸在山里学的。我们还在贝尔·格里尔斯的电视节目中学到了很多。"

英杰听到了聊天的内容，朝她们喊道："知识就是知识！从哪儿学的不重要，只要管用就行。"

"我们的爸爸妈妈肯定同意你的话。"艾登笑着说，"他们喜欢寻找新的发电方法。从哪儿来的不重要，只要环保就行……"

"只要管用就行。"爱玛补充说。

他们已经到了湖边。之所以知道，是因为脚下的雪地变成坡了。艾登见过这座城市夏天的照片，知道这里是一片石滩，有一条流入湖中的小溪。石头经过湖水千年的冲刷，变得光滑圆润，走在上面，会发出咣咚咣咚的声音，但现在这里只是白茫茫一片。

"是啊。不过我们不太理解你们父母的工作。"乔说。他们上岸了，爱玛和艾登相视一笑，齐声说："这个嘛……"

他们一边爬上水泥台阶，一边介绍起父母的情况。商业街出现在眼前，街道两边堆着被铲雪机铲开的脏雪。

这座城市跟他们之前生活的地方很不一样。

艾登和爱玛的父母是工程师。为了开发清洁能源系统，要经常搬家。他们的上一份工作是为一座新城建风力发电站。爱玛和艾登的年龄都比那座新城大，那里的一切都是崭新的。现在这座城市建在山里，人们自豪地告诉他们，这儿至少有一千年的历史了。楼房新旧掺杂，大部分的新楼都是过去几十年建成的，多为办公大楼、学校和政府部门。住宅则是用当地粗糙的石材建造的，像是从山中自然生长出来一般，都有些历史了。住宅的墙低矮厚实，屋顶高而尖，这样积雪超过一米就会滑落下来，不至于压垮房屋。

爱玛和艾登现在就住在这样一间房子里。他们知道，房子虽然老，但住起来跟新房一样舒适。建造它们的人，已经有一千年的御寒经验了。

在所有建筑里，最新的是一栋低矮的水泥房，跟仓库一般大小，建成不到一年。跟城市的其他地方比，它看起来丑丑的，但对艾登和爱玛来说，它是最重要的。它是为全市供电的地热能中心，也是他们来到这里的原因。

长白山脉因几百万年前的火山爆发形成。今天，长白山还是火山，但古老的火焰仍在地底。它们并不一定很深，就在城市下面，产生的地热可以加热由现代工程师布下的装满水的管道。水立刻变成蒸气冲回地面，蒸气转动涡轮机，电就产生了。

　　"免费的能源。"蒂姆喜欢这么说，"感谢大地母亲的恩赐！"

　　乔和英杰跟爱玛和艾登住在同一条街的两边。乔和英杰到家的时候，已经对地热能有了更多地了解。艾登推开自家大门的时候，爱玛觉得他们四人之间的了解又加深了。这样真好，不知道明天又会学到什么新东西呢。

第 四 章

大雪

　　艾登知道妈妈就要进来了，他已经听到了隔壁房间里她和爱玛的对话。苏·托马斯把头探进来，看见艾登正坐在床上，靠着枕头读书。

　　"五分钟后关灯？"她笑着说，"不好意思，爸爸还没下班，没法跟你说晚安了。"

　　"好啊。"他抬起头，"我看完这一章。爸爸怎么了？"

　　"发电站的数据有些问题。"她走进来，坐在床边，"今天看到你交了新朋友，真是太好了。你之前很不想搬家吧。"

"没事。"他做出开心的样子，但他知道妈妈是对的，"晚餐后我和爱玛跟李强和顺蕊视频过了。"

在之前住的地方，他和爱玛跟一个中国男孩和一个中国女孩成了很好的朋友。父母的工作造成的一个麻烦，就是要经常搬家，他也只能跟朋友们说再见了。

"爱玛告诉我了。"

"这里也会很有意思的。英杰和乔很酷，英杰说明天会再带我们去看湖。"

苏笑了起来，"听上去是个好主意。英杰似乎很有经验。"

"他从生下来就住在这里，他爸爸是湖区的管理员，所以……不过……"艾登停了下来，他轻笑几声，决定诚实地说下去，"他也并不是一直正确。"

"什么意思？"

"这个嘛，他之前教我们如何看云判断天气，他说暴风雪就要来了。"艾登摊开手，"没有暴风雪啊！"

苏不敢相信地看着他。

"宝贝，外面下着好大的雪呢！"

艾登皱了皱眉头。

"真的？"

"自己去看看！"

艾登犹豫了一下，然后跳下床，拉开窗帘的一角。

"哇！"

夜空中，像盘子那么大的雪花从天而降。雪太大了，就算路灯开着，也看不见马路对面。乔和英杰的家被白色的"窗帘"遮住了，雪花像飞船那样静静地"降落"，然后马上消失在雪做的厚地毯里。地上至少有半米厚的雪，还有更多仍飘在空中。

"这算不算暴风雪？"苏在他身后笑着问。

"我都没注意到！"他说，"这里好安静。我以为有暴风雪的时候风会很大，一定能听见风声。或者像暴风雨那样，能听见屋顶上噼啪作响的声音。而且，这里好暖和啊。"

"那是因为这栋房子是懂行的人建的！"苏说，"比如英杰这样的。"

"好吧，我知道了。"艾登嘟囔着说。

妈妈走后，艾登关了灯躺在床上，眼皮变得沉重起来。他觉得舒服又温暖，再想想墙外的天气，就更加觉得舒服和温暖了。他想起妈妈告诉过他，要尊重自然。这他懂，自然能给人类带来许多宝藏，比如天然的能源，但也有可能带来危险。不过，只要我们妥善应对，尊重自然……

想着想着，艾登就睡着了。

第 五 章

慢慢来，一步一步走

　　湖面的冰上铺了一层平滑的雪毯，只有五十米外有一点红。

　　"好吧。"艾登说，"现在我知道你为什么挂旗子了！"

　　看到昨晚的大雪，他之前还在想大家会不会都被困在家里。但早上看到乔和英杰准时出现在他们家门口时，他就知道这座城市对这样的天气早就习以为常了。马路上和人行道上的雪已经被铲雪机和吹雪机清走了，只有屋顶和空地上的雪深一些。生活照常进行。

爱玛和艾登的父母说，在他们的家乡，只需要下几英尺①的雪，就能让整个国家停止运转。但在这里，雪太常见了，大家不会让这样的事发生。

四个孩子走在一段水泥楼梯上，楼梯是通往沙滩的。

艾登打头阵，第一个踩上了新雪。

"哇！"只见他向前摔了出去，只得疯狂挥动胳膊来保持平衡。有那么一会儿，他感觉自己好像会一直往下掉。这就像是下坡的时候踩空了台阶，突然掉了下去。艾登踩到雪上，可双脚并没有就此停住，而是继续往下掉。等他终于被坚实的地方接住时，他四周蓬松的雪已经有齐腰高了。

"这是刚下过的雪，艾登！"爱玛站在上面笑他，"我都能猜到它们无法承受我们的重量。"

———————————

① 英尺：英制中的长度单位。1 英尺合 0.3048 米。

"所以……"艾登朝远处的红旗看去，"我们怎么过去呢？"

"走过去。"英杰说着也跳了下来，他比艾登高，但雪仍没过了他的膝盖。"只有五十米，只要我们直奔旗子，跟昨天走的路就是一样的。这样就知道我们是安全的了。"

他们开始走路了，或者更准确地说是"蹚"。艾登很快意识到，蹚雪前行时，"只有五十米"比想象中远多了。

雪面上有一层薄薄的冰。脚一踩上去，嘎吱一声就碎了。薄冰下的雪都是粉末状的，一踩就踩到了底，直到湖上的冰面。但你不能就这么直接往前走，雪挡住了去路。你必须把脚抬到最高，在雪里向前踢，然后再放下脚。就这样一遍又一遍地重复。没过多久，艾登就觉得缺乏运动的大腿肌肉开始发麻了。

"像是在糖浆里走一样！"他喃喃自语道，这么走也让他觉得有点热了。突然，艾登发现四周都是新鲜的、未被污染的"水"，也就是这片雪地。他把手伸进去，捧出来许多晶莹透亮的雪，正要放到嘴里时，乔突然说："小心，艾登！不要吃雪。"

英杰也看了过来。

"乔说得很对。"他严肃地说，"记住，雪很冷，你的口腔又十分敏感。听上去可能有点奇怪，但把雪放进嘴里，跟把很热的东西放进嘴里会产生同样的效果——都可能会让嘴里起水泡，或者更糟。"

艾登小心地拍干净了手里的雪。

"更糟？"

"可能会感染。"乔说，"甚至可能要被医生切掉舌头！"

"我还是到钓鱼的地方喝水吧。"艾登嘟囔着，又在雪中奋力迈出一步，"如果我们到得了的话。"

"慢慢来，一步一步走。"英杰建议，"是很累，但别太用力，最好别出汗。"

"为什么？"

英杰和乔一起摇摇头。

"汗就是水，水能够导热。"乔说，"出汗的目的是帮你降温，但在这样的地方，可能会把你冻僵。"

"这就是失温。"英杰继续说，"当热量流失时，身体为了保护自己，会把手部和腿部的血液输送到重要器官。"

"不幸的是，身体认为心脏比大脑重要。"乔接着说，"但大脑需要血液供氧。如果没有血液，大脑也会停止工作。你会变得糊涂，话说不清，除非及时干预，否则用不了多久，你就会失去意识，然后死亡。"

"好吧……"艾登若有所思地说，"不要出汗，也不要吃雪。我明白了。"

"好的方面是，"乔补充道，"回去的路就容易多了，因为我们已经把雪踩平了。"

乔比艾登矮，但艾登发现她比自己走得轻松。艾登朝她那看了看，试图模仿她的动作。秘诀似乎就是慢慢地、一步一步地向前走。抬腿的时候整个身体向后倾，然后腰部用力，向前踩。这样的话，就不仅仅是用腿部的肌肉，而是动用了全身不同的肌肉。这么走一开始有点奇怪，但艾登很快就找到了节奏。

到红旗标记的洞口时，他已经走得很熟练了。

小贴士

在寒冷的地方出汗，可能会很危险。汗水会带走人体的热量，使人失温。

第 六 章

美味的午餐

如果没有杆子上的那面小红旗，他们根本不可能找到洞口。平整的雪地一望无际，也没有任何标记，他们可能会一直走下去，直到湖心。

英杰把背包放在雪地上，第一件事就是拿水递给大家。爱玛看到他的包里有好几瓶。

"喝吧。"英杰说，"这里海拔高，空气基本冻干了，完全没有水分。如果不多喝点水，很容易脱水。"

爱玛还记得她从贝尔·格里尔斯那里学到的

知识。

"一天两升!"她说。

"没错!"英杰笑着说。

接下来,英杰拿出一对小铲子,把其中一把递给艾登。两人一起在旗子和只能看到一小截的杆子周围铲雪。一点一点地,能看到杆子其余的部分了。很快,他们就挖到了底部的冰,昨天融化的洞还在。冷杉枝上铺着雪,雪上结了一层薄薄的冰,但使点劲就能把树枝拔出来,松动的冰块在水中浮动。

英杰试着拉了拉系着钓鱼线的木棍,然后朝大家笑了。

"感觉更重了!我觉得我们捉到了。"

他双手轻轻提起木棍,钓鱼线开始露出水面。

前两个鱼钩是空的,但钓鱼线在抖动,一个银色的、扭动着的东西正要浮出水面。

是一条鱼!

爱玛对鱼的种类了解不多。这条鱼至少有四十厘米长，将近半米的样子。它银色的身体呈流线型，肥肥胖胖的，在洞里翻滚跳动着。英杰提起鱼线，掂量着鱼的重量。

"至少有一公斤。"他满意地说，一边继续拉起鱼线，鱼在空中挣扎着，"乔，能不能……"

乔从背包里抽出一个像小金属棒的东西，棒子上带有橡胶把手。她脱下手套，手指伸进鱼鳃里，把鱼从钩子上取了下来。鱼不动了，好像已经知道了自己的命运。乔一手把鱼放在冰上，一手拿棒子，重重朝鱼的两眼之间打去，鱼马上变得软塌塌的了。

英杰从背包里拿出塑料袋，把鱼包住。乔擦了擦手指，又戴上了手套。她使劲搓搓手，帮助手指重新恢复知觉。

"啊！血又流回手指了！"

"这会是一顿美味的午餐！"英杰满意地说。

爱玛和艾登互相看看对方。

"哇，我们还从没亲手捉过自己的食物！"爱玛说。

"亲手捉的味道才最好！"

英杰和乔开始把东西收进背包，鱼是最后放进去的，这样就不会有东西压在它的上面。乔提起背包，帮英杰背在肩上。

"所以，午饭前我们做什么呢，哥哥？"乔问。

"嗯……"英杰若有所思地看着远处。然后笑了起来，好像有了主意。"有一件事我们可以做。我答应过要带你们去看看湖的其他地方，为什么不坐船出去呢？"

第 七 章

乘船恐惧症

"什么？"艾登说。

"什么？"爱玛说。

"什么？"乔说。

他们都惊讶地看着对方。

"好吧。"英杰说，"爱玛你先说。"

"噢，我只是在想，我们不应该先回家把鱼放到冰箱里吗？"爱玛问。

乔笑了，说："我不知道你们家冰箱多少度，但我敢保证，在这里放着一定同样保鲜。"

爱玛也反应过来了，跟着笑了起来。

"艾登，你的问题是什么?"英杰随意地问。艾登突然觉得自己藏在头套里的脸颊发烫，还好没人能看见。

"哦，也没什么……"

爱玛看了艾登一眼，艾登又回看了爱玛一眼，他认为爱玛知道他为什么说话。

事实很简单，艾登从没坐过船。应该说，自从小时候从船里掉下水后，就再没坐过。那是一个供人划船的池塘，浅得足够他站起来。他没有遇到危险，妈妈也马上把他从水里抱起来了。但从那以后，他就对坐船产生了恐惧，也很讨厌坐船。直到现在，他都成功地避免了再一次回到船上。

"是时候长大了，"艾登告诉自己，"我可以的!"

"你的问题是什么呢，乔?"爱玛问。

"哦，就是我知道他没问过爸爸是否能借只船用。"乔无辜地说。

英杰装出生气的样子。

"我已经想到了。"说着他从口袋里拿出了手机。手机是还有按键的老款，这样英杰就不用脱手套去按屏幕就能打电话。他的眼睛亮了起来，好像有了什么主意。

"爸爸……"英杰停了一会儿，又说，"我想问一下……"

在等对话结束的时候，爱玛和艾登漫不经心地环顾着四周。在远离岸边的地方，能看到比平时更多的城市的面貌。

"那是什么？"爱玛指着一栋大楼问。大楼离这里大约四分之一英里①，看上去很新，几乎和发电站一样新。

"哦，那个。"乔不在意地说，"那儿是科学研究所。因为这是一个非常深的淡水湖，科学家们喜欢坐着气垫船在这里做实验。"

"好消息！"英杰收起电话，"爸爸说我们可以用船。走吧！"

---

① 英里：英制中的长度单位。1 英里合 1.609 千米。

第 八 章

借船

　　他们先是回到岸上，然后又沿着湖边往前走，直到看见一块深入湖中的陆地。路的尽头有一个长形防波堤，是用水中的石块建成的。一条像样的路已经用吹雪机清理出来了，防波堤伸得很远，那里的水没有结冰。

　　在防波堤的尽头，有一艘趸船^①和几艘拴在趸

---

① 趸船：平底箱形的非机动船。可供装卸、堆存货物及旅客上下船等用。

船上的船。船上都盖着防水布，布上积了厚厚的雪。在趸船的一角，有一个带锁的小屋。

英杰脱下背包放在趸船上。

"乔、爱玛，你们可以把防水布揭开吗？艾登，你来帮我。"

乔从英杰的背包里拿出两把铲子，和爱玛一起把大船上的雪铲下来。英杰则抽出了一串钥匙，准备去开小屋的门。艾登在一旁望着湖面和湖面上的船。湖平静而安宁，像是冰冷的灰色钢铁。

"雪落到水里是不是就融化了？"艾登问。

"如果水还是流动的，那水肯定比雪的温度高。所以，你说的没错。"乔表示同意，"虽然说温度更高，但仍然很冷很冷。你如果跳下去游泳，就会知道水冷得只需要几分钟就足以致命。"

爱玛和艾登都打了个寒战。

"我向你们保证，这种事情绝对不会发生！"爱玛宣布。乔和英杰都笑了。

艾登看了一眼他们要乘坐的船。出于某种原因，他之前一直以为船会是木头做的，但实际上，它看上去像是用一整块类似树脂的东西做的。这样更好，他告诉自己，肯定很先进。船体漆成亮红色，从远处也能看见。但当他又朝湖里望去时，在大湖的衬托下，船又显得这样小。

"所以，湖面如果要结冰……需要多长时间？"艾登问。

"真正的寒冷天气来临时，最多只需要几天。"英杰回答，他终于找到了钥匙，把钥匙插进了门锁，"但天气预报说近期不会有那样的天气。"

艾登心想，如果真有暴风雪，这艘船可提供不了多少庇护。

"天气预报准确吗？"

英杰转动钥匙，笑了起来。

"很准确！好吧，有的时候也有'意外'。这里的问题是高山挡住了气流，所以会有天气预报追踪不到的小气候，但整体的天气预报一直都是准确的。而且，就像我昨天说的，多看看天就好，这样你随时可以知道会不会有'意外'袭来。"

说完，英杰眯起眼睛看了看头顶蔚蓝的天空，然后朝艾登笑笑，开玩笑地在他手臂上打了一拳。

"别担心，如果我对天气没有把握，就不会带大家出来了。好了，帮我拿点东西吧。"

英杰推开了门。

第 九 章

启航

　　小屋里几乎和外面一样冷。屋里散发着霉味，唯一的光源是来自一扇贴着透明塑料布的窗户。艾登看到墙上和地上满是和船有关的装备，救生衣、船桨、一卷一卷的绳子、亮色的救生圈、钩子，还有挂在船舷上的护舷——这是用于保护受到冲撞的船只的。另外还有几个舷外发动机，这种发动机的一边是一个小马达，另一边是螺旋桨，两者之间有一根一米长的金属轴。

　　英杰打开架子上的金属盒，在里面翻了翻。

"太好了。"他说,"艾登,伸出你的手臂。"

英杰选了四件救生衣,挂在艾登的手臂上,一边两件。救生衣像是有衬垫的无袖夹克,全都是亮橙色的,这样能很容易地找到落水之人。然后他又把金属盒和一卷绳子给艾登,艾登开始觉得自己有点像驮重物的"牲口"了,心想英杰会拿什么呢。问题很快得到了解答,英杰拿起了一个舷外发动机,发动机很重,需要两只手才能抱起来。

出了小屋,英杰把发动机放在一个架子上,然后又进去拿了几罐汽油和机油,艾登则把自己拿的东西放到船上。女孩们已经把防水布掀开了,船内的构造能看到了。构造很简单,前、中、后三排座位,仅此而已。

艾登帮两个女孩抖掉防水布上的雪,然后一起把布折好放在前排座椅下面。

英杰加满了发动机的汽油和机油。他一手抓着启动手柄,一手扶着发动机,用力一拉。发动机咳嗖几声，一团蓝烟喷到了大家的脸上，汽油味让艾登瞬间觉得回到了大城市。英杰等了一会儿，又拉了一下手柄。这一次，发动机突突地启动了，螺旋桨高速转动起来。

英杰马上关掉了发动机。

"差不多可以出发了！"他从船尾爬上了船，"把发动机递给我吧。"

艾登和爱玛合力抬起发动机，递给英杰。大家都很小心，确保有人拿稳之后才敢放手。艾登不知道买一台舷外发动机要多少钱，也不知道修理费要多少钱，但他很肯定如果发动机掉到湖里，损失一定不小，他可不想赔一个新的。

英杰用金属轴上的几个夹钳将发动机固定在船尾。

"现在把盒子拿过来吧。"

艾登递过去金属盒，英杰放在中间的座位下。

"穿上救生衣。都上船吧！"

乔帮艾登系紧救生衣。穿救生衣就跟穿外套一样，然后再扣好前面的塑料扣，系紧腰带。后面还有一条带子，要从两腿之间穿过，再系在前面。

"这样当你浮在水面……"乔说。

"如果你浮在水面。"艾登坚定地纠正她，他可不打算真的用上这东西。

乔笑了。

"意外总有发生的概率，艾登！好吧，如果你浮在水面，这条带子是防止你从救生衣里滑出去的。救生衣领子的部分很厚，还有衬垫，让你的鼻子和嘴巴不会沉入水中，就算你已经没有意识了也不会。穿着救生衣的时候，你肯定是头朝上漂浮着的，领子的部分会托着头。现在我们上船吧！"

英杰和爱玛已经爬上了船，英杰在最后，和发动机坐在一起，爱玛则坐在中间的座位。

乔似乎猜到了艾登在船上不是很自在。

"走到正中间去，保持平衡。"她在他身后建议道，"船仍会晃动，但只要小心，就几乎是不可能翻的。"

果不其然，艾登的脚一踩进去，船就开始晃了。艾登差点摔倒，他赶紧抓住船沿保持平衡，然后迅速坐到爱玛旁边的位置上，这样他们两个人的重量就能让船保持平衡了。最后，乔坐在了前排。

英杰解开系在趸船上面的绳子，卷起来扔在脚边。

"乔，我们启航吧！"他喊道。乔马上解开船头的绳子，再用力一推，船头开始漂离趸船。现在，船头面向湖心了。

英杰转向发动机，做好准备，提起手柄，发动机咆哮起来。英杰转动油门的把手，声音逐渐安静下来，变成了稳定、低沉的嘟嘟声。船向前开去，离开趸船，驶入湖中。

第 十 章

巨大的冰墙

船平稳地在湖面上行驶，艾登看着渐渐远去的城市，终于意识到，他会享受这次旅途的。

虽然坐船让他紧张，但他决心要战胜这种感觉。他喜欢体验新的事物，人生中有那么多东西要看，有那么多事要做。他一直觉得，如果只是因为有些紧张，就拒绝新的机会，那就太傻了。

他对小船浮在大湖里的想象是正确的，但为此担忧却是错的。船行驶得很稳，英杰和乔对船和湖都了如指掌，在他们的带领下，他很安全。事实上，正因为船如此渺小，他们才可以更好地欣赏周围的美景。巍峨的高山将湖环绕，它们是这样古老，这样雄壮有力，让人惊叹不已。长白山在东南边，是最高的那座，像是高高在上的皇帝，被大臣们簇拥着。

"夏天的时候一定得去山顶看看。"英杰注意到艾登正在看长白山，"火山口上也有一个湖，比这个还要壮美。"

他们在湖面快速行驶，船头微微向上，船尾微微下沉，水波扰乱了湖面上的倒影。在他们的前方，有一块尖尖的陆地延伸到湖中，然后逐渐下沉到冰面的高度。

"这个山谷的尽头有一片冰川，在岬角①的另一边。"发动机的声音变大了，乔只能提高音量说

---

① 岬角：也叫"地角"。陆地伸向海洋、河流、湖泊等的角状突出部。常见于半岛的前端。

话，"也没什么可看的，但是……"

"冰川？"爱玛叫了起来。她和艾登看了看对方。

"我们还没在现实生活中见过呢。"

"就是一堵巨大的冰墙。"乔说，"没什么用。"

"我们之前住在北京和四川。"艾登说，"那儿没有冰川！有什么用不重要。"

"你们想去看看吗？"英杰问。

"想！双胞胎异口同声地说。英杰笑了起来，推动控制方向的手柄。船绕过岬角，驶向远处的山谷。

第 十 一 章

没有打出去的电话

岬角那边的水湾是狭长的。

之前艾登看湖的地图的时候，觉得这些水湾像一只有很多手指的手的轮廓。有一部分是开阔的水域，还有几根伸向不同方位的"手指"。这个水湾就是其中一根"手指"，它位于山谷之中，两边是陡峭的山坡。

由于水湾并不是直的，他们看不到尽头。山谷的下半部分长满了冷杉，树上覆盖着白雪。上半部分过于陡峭，不适宜树木生长，也无法形成积雪，至少有两百米都是裸露在外的岩石。靠近岸边的地方被一层薄薄的冰雪覆盖，但目之所及的湖水都是流动的。

"不知道从哪儿开始湖面会结冰，我们看看最远能去哪里。"英杰说，"可能到不了冰川那儿，但至少你们应该能看见。"

英杰放慢了速度，船平稳地驶向开阔的水域。经过昨晚的暴风雪，两岸的冰架上覆盖着厚厚的积雪。船驶过半米高的冰架，像驶过闪着白光的墙，让艾登想到蛋糕上厚厚的糖衣。

"哥哥，"乔突然说，"你跟爸爸说了我们要去哪儿吗？"

英杰看上去吓了一跳。

"啊，还没有！我答应过要告诉他的，现在就打。"

他一只手放在方向盘上，一只手去口袋里找手机。手机拿出来了，他试图用一只手拨号。

"正前方有冰。"乔从船尾叫道,"但是左边可以走。"

"我看到了。"英杰朝乔指的方向转去,又继续打电话。

"哥哥!"乔突然大叫,"你离岸边太近了!"

艾登迅速朝水湾边看去。冰架离他们有几米远,远处是被冰雪覆盖的水岸。

"我知道冰在哪里。"英杰向她保证。

"不,我们已经很接近了!"

英杰皱了皱眉头,但还是放下了手机,站起身来伸长脖子去看乔说的东西。

两件事同时发生了。

乔大叫一声:"就在我们前面……!"

然后是"轰隆"的撞击声。船突然停了下来,坐在中间位置的爱玛和艾登朝后摔了下去。英杰也摔倒了,胳膊撞在双胞胎刚才坐的位置上。手机掉落在船底。

艾登背着地摔在地上，头重重地撞在船底。他痛得大叫起来，然后又因为惊讶，大叫了一声。

冰冷的水涌到他的头上，所有对船的恐惧都浮上心头。船里有水意味着船在下沉！他赶紧转身坐了起来，船完全停住了，水从乔脚边巨大的裂缝里涌了进来。

第 十 二 章

纹丝不动

"礁石!"乔从船尾喊道,"在水下!"

英杰踉踉跄跄地站了起来,一只手臂似乎完全无力了。他用另一只手压住无力的胳膊,惊恐地看着汹涌而来的水。

"但……我们离冰还很远……不应该有什么东西的。"他结结巴巴地说。

在螺旋桨的推动下,船后的水还在翻腾,可是船一动不动。发动机还在运转,不断把船往礁石上推。

艾登强迫自己把恐惧抛到脑后，恐惧没有任何帮助。他对船了解不多，但马上就想到了现在要干什么。

"我们是不是要把船倒退出去？"

"是的！没错。"

英杰把挡位调到倒挡，发动机慢了下来，停止，再次启动，然后又熄了火。船没有动，水继续漫进来。

"啊！"英杰生气地喊道。他抓住启动手柄，单手用力一拉，他似乎无法像之前一样用另一只手支撑自己了。发动机只是噼啪响了几声，然后又停了。

从船头渗进来的水越来越深。

"我们能帮上什么忙吗？"爱玛问。

"快来帮帮我，我自己拿太重了。"乔着急地说。爱玛跪下来，在船头的储物柜里找到了防水布。

双胞胎赶紧来到船头，一起拖出了防水布。

"我们摊开它……"乔说，"牢牢贴在裂缝上。"

他们一起跪在水里，把防水布往船身上推，就像从里面给它贴创可贴一样。

艾登很庆幸自己戴了手套。他们的手接触到冰冷的水时，感觉就像把手放在了冰柜里。这种手套的设计是让雪在融化之前就从手套上滑下来，但它们并不防水。艾登可以感觉到水开始渗进来了。

"有用吗？"他喘着气问。

"还不知道。"乔说，"水还在进来。"

她说得没错，水从防水布的折痕处流入。它们或许减慢了水流进来的速度，但仅此而已。

"你们这样只会弄湿衣服。"英杰叫道，"别浪费时间了。"

他又拉了一次手柄，发动机还是噼啪几声，就安静下来。

艾登看着水湾边上的冰，那里近得诱人，只有两三米的距离。如果船真的会沉下去，那他们必须要到冰上去。他突然有一种想要直接跳过去的冲动，哪怕知道距离太远了。或许他们可以跳进水里游过去？但这样的话只需几秒他就会冻僵。

他只想赶快离开正在下沉的船！他再次告诉自己要冷静下来，他必须接受自己做不了什么，并搜寻能做什么。

唯一到岸边的办法就是让船开动，可它还是纹丝不动。

第 十 三 章

站在冰上

英杰又单手拉了一次启动手柄，发动机又噼啪了一下。艾登感觉噼啪声越来越短了，空气中有一股刺鼻的汽油味。

"不要让太多汽油流到发动机里！"乔说，"你要让它休息一下！"妹妹给哥哥建议，听起来有点奇怪，但英杰还是不情愿地点了点头。

"我摔倒时弄伤了胳膊，可……可能骨折了。我用不了这只手，单手的力道又不够。艾登，你离得最近，过来试一下。"

艾登马上爬到船尾，留下乔和爱玛负责防水布，汽油的味道还是很浓。

"先等一分钟，让汽油流走。"英杰说。他用牙齿扯开手套，看着手表计时。

这是艾登人生中最漫长的一分钟。女孩们换了个姿势，用脚抵住防水布。水流到她们的靴子上，还好靴子是防水的。隔着防水布，湖水仍然在往船里流。

"现在，"英杰终于说，"一只手放在上面，稳住自己。然后抓住手柄，平平稳稳地往后拉，拉到头。"

按照指示，艾登用力拉了一下启动手柄。发动机轰轰地启动了，一团蓝烟升腾起来。

英杰抓住油门手柄，把挡位调到倒挡。水在后方翻腾，船抖动了几下，但仅此而已。

"乔、爱玛，"英杰说，"你们的重量在把我们往礁石上推，到船尾来。"

"但是我们过去了的话，防水布就会掉下来了。"爱玛指出。

"我知道，但这是我们必须做的选择。快来！"

女孩们不情愿地收回了脚，水马上以两倍的速度冲了进来。她们小心翼翼地来到船尾，坐在艾登和英杰的旁边。艾登可以感觉到她们的重量压低了船尾，这也意味着船头升起来了。

不论他们撞到的是什么，那个东西之前也帮忙堵住了洞口，现在一股洪流涌了进来。

但是船开动了，离开了礁石。

"我们要倒到冰上去。"英杰说，"这是唯一阻止更多的水流进来的方法。艾登，准备好船钩。"

他用头指了指他想要的东西。艾登在脚边摸索着，找到了一根带有金属钩的长木杆。

"我们一碰到冰面，就钩进去稳住船只。"

"收到。"

船尾离冰越来越近。英杰关掉了发动机，船尾轻轻撞了上去。艾登立刻把钩子砸下去，金属钩插入冰里。虽然并不是很牢固，但总比什么都没有强。船稳住了。

"爱玛，"乔坚定地说，"你先出去，再帮英杰出去。"

英杰一副要抗议的样子，但乔用眼神制止了他。

"除非你用两只健全的手臂，才能安全地爬出去！"她说。英杰只能顺从地点点头。

爱玛迅速跳了出去。一踩上雪地，腿就陷了进去，碰到冰面才停住。她又转过身来帮助英杰。

在爱玛帮他之前，英杰先在脚边摸索了一下，看能不能找到什么东西。从小屋里带出来的备用绳子和背包都被他单手扔了出去，之后他才爬出去。

之前拴在冱船上的绳子有一端系在船上，其余的卷好了放在英杰坐的地方下面。乔把绳子扔给爱玛。

"拿好了！好的，艾登，轮到你了。"

"我还扶着钩子呢。"艾登告诉她，"你先上，你比较近。"

乔也爬了出去，来到其他人旁边。

"现在到你了！"

艾登也想赶紧出去了，他能感觉到脚下的船正在下沉，船身的前半部分几乎积满了水。他一边抓着船钩，一边爬到船尾，然后再爬到冰上。

爱玛和乔都拉着系在船上的绳子，以防船漂走。旁边的英杰仍然抓着那只无力的手臂，脸上的表情很难看。艾登半跪着往冰上爬，然后成功上岸。

"成功了！"他高兴地宣布。虽然不是什么大事，但他们从一场船难中幸存了下来，也算是了不起了吧。

"远离岸边！"英杰催促着，"那里的冰比较薄。"

"哦，是的！"艾登的心情马上没那么好了。

他赶紧往前走，但已经太迟了。抬起的脚一放下，
脚下的冰就碎了，他垂直落入湖中。

第 十 四 章

吸气，呼气

艾登忍不住尖叫起来。水冷得刺骨，就像有动物在啃他腿上的骨头。

好在他还抓着船钩，没再继续往下掉。他的上半身还是干的，但腰部以下都浸在冰水里，冰水包裹着他的皮肤。虽然上衣和裤子都有防雪、防水的设计，但是像这样完全浸入水中，还是会湿的。艾登停在那里，一半身子在水里，一半身子在外面。他不住地发抖，努力让自己喘口气。

"艾登！"爱玛喊着，扔掉绳子就要去救他，但英杰用没受伤的手拉住了她。

"不行。你不知道哪里的冰比较薄，他必须自己出来。艾登！艾登！"

忍着疼痛和惊吓，艾登迫使自己去倾听。英杰蹲下来看着艾登的眼睛，说："尝试控制你的呼吸，保持冷静。喘气太过频繁可能会让你因肺部缺氧而晕倒，所以，慢慢呼吸。吸气。呼气。吸气。呼气。"

艾登用尽全力才控制住自己，终于慢慢跟上了英杰的节奏。吸气。呼气。

"好，现在试着出去。"英杰继续说，"用船钩把自己撑上去。别跪在前面的冰上，趴着，让重量分散开来。看啊，你知道我在哪儿，很近的，这里的冰就足够厚了。来吧。"

艾登用双手使劲压住船钩，尽可能地把自己从水里撑起来，身体因寒冷而不受控制地发抖。他向前倒在冰上，依照英杰的建议，他没有站起来，也

掉进冰窟窿里时，尽量让自己匍匐在冰面上，分散重量，慢慢从水里爬出来。

没有跪着。他趴着向前扭动，直到和英杰齐平。

"做得好！现在可以站起来了！"英杰为艾登的成功欢呼。他本想去帮艾登，但手臂的疼痛让他想起了自己的伤。艾登自己站了起来，双手抱紧自己，在原地不停地跑动，但依然冷得直发抖。

"现在把所有湿了的衣服都脱掉。"英杰指挥道。

艾登不可思议地看着他。

"每一件都要脱。"英杰又坚定地重复了一次，"要不然的话，十五分钟内你的衣服就会冻成冰，造成身体失温。相信我，不穿反而更暖和。"

"可那是我的裤子和内裤啊！"艾登仍想反抗。

"那也得脱！如果有需要，你就去石头后面。"英杰指着一块家用车大小的石头说，"把裤子拧干后在雪上擦一擦，雪能吸收水分。然后再把裤子平铺在石头上。"

艾登感觉到打湿的裤子正在吸走他的热量，意识到英杰说得很有道理。虽然不太情愿，但他还是踩着雪走到了石头后面，完成了英杰的要求。

"然后呢?"他喊道。

"然后就在原地走来走去。"英杰说，"绕圈也行，你爱怎么走都可以。让四肢动起来。你的身体为了保护核心区，会抽走手和脚的血液，你千万不能让它这么做。所以，在衣服晾干之前，你都要不停地活动身体。"

"真的吗?"艾登难以置信地问。

"真的! 别担心，不会太久的。"英杰向他保证。

艾登在把头缩回来之前，看见英杰的肩膀耷拉下来，转身去帮女孩们拉船了。爱玛和乔还抓着绳子，船尾已经在冰面上了，船头仍在水里。

"现在我们得把这家伙弄出来……"他听见英杰说。

及时脱掉被打湿的衣服，防止衣服冻住以后造成人体失温。脱掉衣服以后，可以不断运动，让身体保持温暖。

第 十 五 章

方案一

“这条船对我们还有什么用吗？”乔问。

“或许能修好呢。”英杰说，“哪怕修不好，里面还有我们需要的东西。不行，我必须把它弄上来。”

他看着船研究起来，肩膀耷拉得更低了。

“这是我的错。”他嘟囔着。

“哥哥，这不是你的错！”乔坚持道，“礁石在水下。”

“我以为我对每一寸湖岸线都了如指掌！”英杰闷闷不乐地说，“我不可能接近礁石的。”

"冰的位置比你想象中靠后，这是个很容易犯的错误。"

"只有湖水变暖的时候才会发生这种事，每年的这个时候应该是很冷的。"

爱玛可以想象兄妹俩会因为这次遇险是谁的责任而继续争吵下去，但他们还有更重要的事情要操心呢。

"要不我们之后再讨论这个问题？"她建议道，"先把船拉上来？要怎么做呢？"

"会很重。"乔想了想说，"里面有大半船的水。我们两个人有力气用绳子把它拉上来吗？"

"我有一只手，"英杰生气地说，"我可以拉。"

"好吧，两个半人。"

"三个半人。"艾登从石头后面喊道。

"等你的身体都干了再来！"英杰命令道。

"好吧。"爱玛快速扫视了一下现场。船、绳子、雪、冰，还有湖岸线，一个计划在她脑海中形成，但总要先试试最简单的方法。"乔，你跟我先试着拉一把。"

"一二三……拉！"

她们双脚踩实，用尽全身的力气向后拉。爱玛不只是用手拉，还用腿，用背，用每一个能发力的部位来拉，整个身体都在使劲。

但是船仍然一动不动。

最终，乔因靴子打滑，一屁股坐到了地上。好在爱玛还拉着绳子，没让船漂走。

"我觉得这行不通。"乔喘着气说。

"一定得拉上来。"英杰依旧坚持，"船上有一样东西我们绝对需要。"

大家等着他继续说下去。

"手机！"他叫道，"我还没告诉爸爸我们在哪儿呢。"

乔惊讶得张大了嘴巴。为了不让大家感到绝望，爱玛赶紧开口了："我还有方案二。"

第 十 六 章

方案二

乔和英杰怀疑地看着爱玛。

"听起来你好像一直知道方案二怎么做。"乔说。

爱玛笑了起来，跟石头后面的艾登异口同声地说："滑轮！"

英杰和乔看上去仍很困惑。爱玛笑着说："还记得我们的父母是工程师吧？英杰，我需要你带来的备用绳。乔，你能继续拉着绳子吗？"

"当然。"乔重新拉紧了绳子，爱玛松开了手。

英杰也拿来了备用绳，爱玛估计绳长至少二十米，足够了。

她拿起备用绳的一端，将两根绳子打在一起。

"这叫接绳结，用于连接两根绳子。"

她在一根绳子的一端做了一个U型，把另一根绳子穿过U，然后绕着U转一圈。最后，再"原路返回"，拉紧两根绳子。结打得很紧，绳子粗糙的表面压在一起，摩擦力很强。

"这是你当工程师的爸爸妈妈教你的？"乔佩服地问。

"不，是贝尔·格里尔斯教我的。但滑轮是我爸妈教的，你应该在起重机之类的东西上见过它们。"

她拿起绳子，一边放绳，一边往附近的大石头那儿走，绕过石头，又回到原地。

"我们用绳子拉什么东西的时候，滑轮可以帮我们省力。如果有两个滑轮，只需要用一半的力气。如果有三个滑轮，只需要用三分之一的力气，以此类推。那个石头就是我们的滑轮，乔和我向后拉，绳子绕过石头，把船拉上来。"

"但是……"英杰皱了皱眉头，"按照你说的，一个滑轮没有任何用。一个滑轮意味着需要用全部的力气，意义在哪儿？"

"你说得没错。"爱玛同意道，"所以，我们需要你。"

"我！我都没法用力！"英杰抗议道，"但，好吧，我会试试的。"

他单手拿起绳子。

"不不不，"爱玛赶紧纠正他，"你不需要拉。你只需要做我们的第二个滑轮。去，站在那里。"

她指了指石头和船的中间点。

"拿起绳子，转过身，放在腰上。我和乔开始拉的时候，你就向和我们成直角的方向走，明白了吗？一二三，拉！"

爱玛和乔再次使出全力拉绳子。因为绳子绕过了石头，她们现在是在向船的方向用力。与此同时，英杰按照爱玛的指示让绳子紧紧贴在腰上，慢慢往外走。一开始他有点困惑，但很快就明白过来了，感觉跟之前不同了。

"拉起来了！"他叫道，"成功了！"

在绳子和两个不同寻常的"滑轮"的牵引下，船尾被拉到了冰上。

他们继续用力，直到船完全离开水面，然后再拉着船穿过冰面，来到确定安全的地方。由于船底很宽，船轻松地滑过雪地，没有沉下去。水咕噜咕噜地从船头的裂缝里流走了。

爱玛、乔和英杰围在船头检查损坏的情况。裂缝一直延伸到船舷的中间位置，那里似乎还有一个洞。

英杰叹了一口气。他从船里拿出了滴水的手机，大家的心沉了下去，被水浸泡过的手机无法联系任何人。

"我们被困住了。"他心情沉重地说，"没人知道我们在这里。"

小贴士

接绳结打结方法示意图

第 十 七 章

止痛片和信号弹

一时间无人说话。

"走回家有多远？"艾登问。

"如果沿着湖岸线走，超过三十公里。"英杰说，"哪怕横穿冰面，也至少有二十公里。"

爱玛和艾登看看周围的冰和雪，爱玛想到了去钓鱼洞的路，那样的路走那么远？"天哪，不如就让我留在这儿吧。"她心想。

"不过，事情不至于发展到这种地步。"英杰补充道。他一条腿跨到船里，准备爬进去。一阵疼痛又向他袭来，他只得再次抓住受伤的手臂。

"需要点时间才能适应啊。乔，可以帮我拿中间座位下面的金属盒吗？"

乔赶紧爬进去，拖出金属盒，放在雪地上。盖子两边各有一个锁扣，很容易打开。

英杰拿出来的第一样东西是一个红色塑料盒，他把它递给了妹妹。

"最需要的就是这个。药箱里应该有一些止痛药，拿几粒给我，可以吗？"

乔一边打开盒子，一边认真地观察哥哥的脸色。

"你感觉有多痛？"

爱玛仔细打量了一下大男孩的脸。他的脸色比平时苍白，尽管仍然友好地笑着，可似乎心情并不好。这不禁让爱玛怀疑，他只是在冷峻的脸上戴了一副微笑面具。

"我之前骨折过，知道是什么感觉。"他说，

"我想我是青枝骨折。这意味着我手臂上至少有一处裂了，但是没有完全断，让我感觉又麻又痛。我已经知道……"

他的手从受伤的手臂上拿开，尝试举起受伤的手臂。手臂抬起来一点点，又掉了下去，他只得再次紧紧抓住受伤的手臂。

"我知道这只手完全没有力气了。我什么也做不了，我比没用还糟糕。"

"那你指挥我们就好，哥哥。"乔倒了几粒药在他手上，他苦笑着吞了下去。

"可以给我一些水吗？我的背包里有。"

乔在做这些的时候，爱玛努力回想着跟骨折有关的知识，她知道的不多。

"我们应该用什么东西把你的手臂固定住。"她说，"让它无法晃动。"

英杰点点头，头朝山坡上的冷杉林那儿摆了摆。

"你们可以去那儿找一些树枝做夹板，药箱里有足够多的绷带可以做吊带。然后，我们必须要想想如何求救。"英杰说。

爱玛皱起眉头："但是，二十英里？"

"我们真的要走回去吗？"乔问，"虽然没人知道我们在这儿，但是如果我们没回去，肯定有人会来找我们的吧？"

"湖岸线那么长，我们怎么知道他们会来这边呢？要引起他们的注意。"

英杰指了指盒子。爱玛顺着他的手指，看到一些跟她的前臂差不多长的金属管，上面包着颜色鲜艳的塑料纸。她默默翻译了一下上面的文字，然后高兴地叫了起来。

"这些是信号弹！"她拿起一个开始研究，这东西拿在手里可比看上去重多了，"所以我们可以射一个上去？"

英杰苦笑了一下。

"我们没有带能射上天的那种。"他说,"这些只会制造很多光和烟,让其他船只看见。我们要用手拿着。"

"好吧。"爱玛耸耸肩,"那就让我们制造很多光和烟吧。"

"可谁会看到呢?"英杰轻轻地问。

"嗯……"

爱玛从上到下打量了一下山谷。

他们被困在这个狭窄又曲折的水湾的一边。水色很深,几乎是黑色的,而其余的一切都洁白如玉——他们脚下的冰,还有坡上被白雪覆盖的冷杉。山谷很深,只能看见头顶的一小片天空,所有的一切看起来都冷冰冰的。

爱玛早就知道周围一个人都没有。但直到刚才,她才意识到他们已经远离了城市。她记得来这里的时候,他们绕过了一个长长的岬角。如果不到岬角的尽头,就看不到城市,也没有人能从城市里看到他们。

"所以我们在这里发信号弹，根本没用。"爱玛明白了，"我们如果希望有人能看见，就必须一直走到山谷尽头的冰川那儿，然后从另一边一直走回去。"

她意识到，虽然不用走那么远，但仍要在冰天雪地里走好长时间，大概天黑时才能到达。

小贴士

青枝骨折：医学术语，指骨头像植物的嫩枝一样，遭遇暴力撞击以后，不会完全折断，而是呈现一种折而不断的状态。多发生于儿童。

第 十 八 章

只能步行了

"等等!"乔说,"我们不能修好船吗?"

"我也以为我们可以,直到我看到了洞的大小,有一部分船底已经沉入湖底了。"

乔进到船里,拿起防水布的一角。它仍在裂缝的旁边,她们之前放的地方。

"这样呢,哥哥?我们可以用防水布包住船头,像在裂缝上绑绷带那样,我听说有人就这么做。或许仍会有点漏水,但我们可以一边开船,一边把水舀出去。"

英杰耐心地听着，然后笑了笑。

"我也听说过。但我担心船开起来后，水流会把防水布冲开。而且别忘了，如果在湖中央出了什么差错，任何一点差错……"

"船就会沉。"乔也意识到了。

"在这样的水里，就是死刑。"英杰继续严肃地说，"虽然救生衣能让我们浮起来，但在有人过来援救之前，我们就会被冻死。救生员只会发现四具漂浮着的尸体。"

"我们只能走路了，是吗?"乔轻轻地说。英杰点点头，爱怜地拍了拍她的头。

"但是，"爱玛突然说，"我们不用分开的，我们可以一起走。"

"我没办法走了。"英杰把受伤的手臂转向她，他的手臂不能动，只能以这种方式示意，"走到水湾的尽头，穿过冰川，再走回岬角，至少要在厚厚的积雪里跋涉五六英里。如果可以，我也会去，但是我……"

"我们可以做一个印第安雪橇。"爱玛建议。

英杰疑惑地皱起眉头。

"什么是印第安雪橇?"

"是……可以说是没有轮子的推车。它有一个三角形的框架,两条长杆之间有一个网。人们在雪橇上装上货物,拖在马后。印第安人曾用它们穿过北美的平原和沙漠,那可比我们现在走的路远多了。你可以躺在上面,我们三个拉着你走。"

英杰歪着头想了想。

"用什么做框架呢?"

爱玛朝山坡上的树林挥挥手:"那里肯定有充足的树枝。设计很简单,我们从树上折下树枝,用钓鱼线做网。"

英杰摇了摇头,爱玛知道他在认真思考。

"大家能在一起是最好的。"英杰说,他深吸一口气,然后又吐了出来,好像是叹了一口气,"谢谢你的主意，爱玛。这是一个很好的方法，适合任何其他的情况。"

"我们现在的情况有什么问题吗？"

他用头指了指雪。

"美洲的印第安人试过拉着印第安雪橇穿过深雪吗？我敢保证，哪怕你们三个人一起拉，也要困难十倍。你们不出一会儿就会筋疲力尽，热得冒汗……"

"然后失温。"爱玛意识到了问题。

"如果在这之前，你们没有累倒的话。好吧，只能用这种方法了，你们去寻找救援。"

"但是，我们不能把你一个人留在这里啊。"乔脱口而出。

英杰笑了："别担心，我没说让你们三个都去，我这儿也需要帮手。艾登在这儿帮我，你们俩……我们的希望都在你们身上了。"

说完，他的笑容消失，变得很严肃。

"背包里有几瓶水。拿过来给大家喝，我们都好久没喝水了，千万不能脱水。然后开始工作吧。"

他提高嗓门叫道："艾登！你怎么样？"

第 十 九 章

原材料

冷杉上积了很多雪，低处的树枝几乎垂到了地面。

"这个如何？"艾登问。

"可以啊！"爱玛表示同意。他们蹲在雪里，从低垂的树枝下往里钻。

艾登先爬了进去。里面很暗，头顶密实的树枝和雪挡住了光线。树下几乎没有雪，铺满了厚厚的松针，树脂清新的味道扑鼻而来。

进去以后，他往边上挪了挪，让爱玛也可以

进来。

"你的裤子怎么样？"爱玛在他后面问。

"差不多干了。"

就像英杰说的，没用多长时间裤子就干了。艾登没想到在冰冷干燥的空气里，他的湿裤子几乎很快就冻住了。在那之后，他只需要拿着裤子在石头上使劲拍，敲掉上面的冰，就得到了变干的裤子。虽然裤子穿上去还是有点湿冷，但体温足以让它暖和起来。

艾登环顾四周："这些正是我们需要的。"

英杰告诉他们要到高大的冷杉下去找，因为那下面的树枝和松针几乎都是干的，他说的完全正确。艾登和爱玛尽可能地多拿些，把空背包装得满满当当。

乔正在给哥哥做最后的急救处理。她已经找到了一对又短又直的树枝，它们不能比英杰的手臂长，不能太粗或太重，会让他不舒服；也不能太细，容易折断。

她用一些钓鱼线把树枝绑在他的手臂上，也就是骨折的地方。这样，无论他如何晃动身体，有意或是无意，树枝做成的夹板都能牢牢固定他的手臂。

以防万一，她还用急救箱里的绷带做了一个吊带。绷带的长度刚刚好，对折后大概五厘米宽。她把绷带的两端系在一起，做成一个大大的圈，挂在英杰的脖子上。现在他的手臂呈直角挂在身前，减轻了伤口的压力。

他们在石头前铺开防水布，再把救生衣放在上面，给自己搭了个营地。救生衣能更好地隔开冰冷的地面，也让大家有个"坐垫"可以坐坐。然后他们让船靠着一些石块侧立起来，营地就在大石头和船之间，冷风吹不进来，十分舒服。

营地前面还生了火。乔和英杰扫走了雪，弄出一块干地。

之后，乔往树林方向走去，刚好迎上了返程的爱玛和艾登。

"病人必须服从命令。"她笑着说，"你们东西都找到了？太好了，我要准备第二段旅程了。"

"我来帮你。"爱玛马上说，"英杰目前不需要我们两个都在。"

"那就再见啦。"艾登说。

女孩们一起往树林走去，艾登则背着装满东西的背包回到营地。英杰正坐在用船做成的"避风港"里，屁股底下垫着一件救生衣。艾登知道他宁愿去帮忙，也不想就这么坐着，但是他只能服从医生——也就是乔——的指示。

"你是我们的领队啊！"乔之前这么说，"如果你倒下了，我们怎么办？"

艾登把背包里的东西都倒在防水布上。

"完美！"英杰说，"现在，让我教你怎么生火吧。"

第 二 十 章

又细又软

"如果我们一直踩着雪走到岬角，非得累死不可。"乔说。女孩们已经爬上了山坡，来到树林里。"所以我们需要什么东西，能帮我们在雪地上行走，但不陷下去。"

"也就是雪鞋！我明白了。"爱玛说。

她见过贝尔·格里尔斯在节目里穿的雪鞋。人身体的重量集中在两只小小的脚上，如果不穿雪鞋，就会陷到雪里。而雪鞋比你的脚大得多，重量也就分散到了更大的区域。

不过爱玛还从没自己做过雪鞋。很显然，乔和英杰知道怎么做。

"你需要找到重量和坚固程度之间的平衡。"乔一边说一边研究着旁边的树，"它们要足够坚硬，让我们可以在上面行走，但又不至于太重，使得脚上有额外的重量。在周围找找年幼的小树。"她伸出手指比了一下，两个手指之间只有几厘米的距离，"要又细又软的。需要八根。"

"八根？"爱玛惊讶地问。"每人两只鞋，应该是四根。"

"你会明白的。"乔告诉她，"我们还需要一些短而直的木头，比前面那些粗一点，不会弯曲。"

女孩们花了一些时间，但最终找到了她们想要的东西。

那些年幼、纤细的树枝用作雪鞋的底，它们可以弯成类似网球拍的形状。测试它们是否合适的最简单的方法，就是当它们仍在土里的时候就试一下。如果爱玛和乔可以把树枝的一头一直弯到地下而没有折断，那就是她们想要的了。

英杰把他的鱼刀借给了她们。十厘米的锯齿钢刃正适合砍小树。有一些小树上已经长了更小的树枝，但这些都可以修剪掉。

乔总算砍下了第八根树枝。

"让我们看看男孩们怎么样了！"她说。

第 二 十 一 章

火和鱼

女孩们出发前，英杰已经用鱼刀处理好了昨晚抓到的鱼，他们只有那把刀能切东西。

艾登看着英杰小心地从鱼头的下方切进去，再顺着鱼肚子往下，一直到尾部。然后英杰把两只手指伸进切口，在里面使劲掏了掏，拉出了鱼的内脏——乱七八糟、黏黏糊糊、又红又灰的一堆东西。

"我向你保证，它们吃起来跟看起来一样恶心。"英杰说，"你不会想吃的。"他扔掉了内脏，把鱼放在离他最近的雪堆上，这是让鱼保鲜的最好方法。"

然后他开始教艾登如何生火。

艾登先堆了一些干松针和小树枝。这是火种，是烧得最快，也是最容易烧着的部分。

火种上面是引火层。它们被火种点燃，火种熄灭后，引火层还会继续燃烧。这一层由稍大一些的树枝组成，基本覆盖了火种。

"干松针很容易烧着。"英杰说，"因为里面的树脂十分易燃。在火种熄灭前，我们要让引火层烧起来。"

最后是燃料层——一些更大的圆木，它们可以缓慢而稳定地燃烧，不会一下子释放很多能量，可以烧很久。

艾登蹲下来端详着木堆。

"我们如何让它们烧起来呢？摩擦两块木头生火？"

"嗯，这也行。"英杰笑了起来，"但是科学给了我们更简单的办法。"

他从大衣口袋里拿出一盒火柴，说："点着三四根，放到木堆底下。"

"就这样？"艾登接过火柴盒，没想到就这么简单。

"其他的木头会难一些，但是就像我说的，这种小树枝很容易烧着，所以这么做就行了。"

艾登马上依照指示划亮火柴，扔进木堆。每根火柴相隔几厘米。

"现在蹲下来。"英杰说，"轻轻地吹。你要再吹给它一些氧气，但又不能把火吹灭了。"

艾登弯下身子，嘟起嘴巴轻轻地朝木堆吹气。他很小心，几乎不敢大口呼气。

可以闻到淡淡的热木头和树脂的气味了。

他继续吹着。味道更浓了，还有一缕薄烟升起。

"我觉得烧起来了。"他说。

雪地引火指南

火堆顺序：最下层是最容易点燃的火种；它上面是引火层；再往上是能稳定燃烧的圆木，也就是燃料层。点燃火种后，可以对着火堆轻轻吹气，让火堆有足够的氧气，但也不能把火吹熄。

圆木（燃料层）

稍大一些的树枝（引火层）

干松针和小树枝（火种）

火堆里噼啪作响，吓得艾登赶紧朝后躲。英杰大笑起来："那是木头里的水分变成蒸气喷发出来的结果，火肯定点着了。干得好，你很快就能看见明火了。"

热气使木堆上方的空气闪烁起来，然后黄色和橙色的火焰开始蔓延至引火层，又舔舐着燃料层的第一根木头。起烟了。

"很快就能烤鱼了！"英杰满意地说。正在这时，艾登看见女孩们抱着树枝走了过来。

第 二 十 二 章

做雪鞋

英杰把一根细长的木棍插进鱼里，放在火上烤。

"至少这件事情我可以用一只手搞定。"他开玩笑地说。

烤鱼的香气在雪地上飘散开来。这时候，另外三个人正在乔的带领下制作雪鞋。

每一根树枝都要弯成一个圈，直到两端相接，然后再用钓鱼线绑起来。

做好八个椭圆形的木环后，再两两绑在一起。

这就是为什么乔说她们需要八根而不是四根木头。每只鞋用两个木环做成，一个叠一个能让它更稳固。这两个木环就是鞋的基本框架。

"我们的脚不一样大，"乔说，"需要根据自己的尺寸'定制'。"

女孩们选了适合自己脚的大小的框架，放在雪地上，然后把脚放在框架的中间。雪地上的脚印就是做好雪鞋后她们放脚的地方。

接着，她们把短木头放在框架上，雪里的脚印能让她们清楚地知道脚后跟和脚趾头的位置在哪里，然后她们再用钓鱼线绑好短木头。现在，可以站在鞋子上了。

最后到了最麻烦的部分，也是真正能分散她们的重量，让雪鞋起作用的部分。

每一只鞋上都要用钓鱼线做一个网，像是网球拍上的网线一样。她们每人剪下一段钓鱼线，一端系在木环两端相接处的附近，一端系在另一边高一制作雪鞋，可以让你在雪地上行走时不会陷进去，节省体力。

点的位置。接着又把剩余的线拉回来，系在比第一个结高一点的地方。就这样不断重复，直到线穿过整个框架。完成后，每一只雪鞋上都"织"起了一张用橙色钓鱼线做成的网。那团钓鱼线快要用完了，但它也完成了"使命"。穿上雪鞋的时候，网会压在雪上，但鞋子不会再继续往下陷了。

鱼也烤好了。英杰把鱼切成一块一块的，摆在金属盒盖上，大家用手抓着吃。虽然分量不多，但这是今天每个人的第一顿热食，味道好极了。

然后女孩们就该出发了。除此之外，也没什么别的事情可做的了。

"信号弹带好了吗？"英杰第四次问。

"带了。"爱玛背起背包，她们决定轮流来背。金属盒里有五个信号弹，她们带了三个，男孩们留了两个，以防救援人员先发现了他们。

"水……"

"液体的和冰冻的都有！"

除了瓶装水，乔还装了一瓶雪。她打算把这瓶雪放在大衣里，让体温融化它。

"记得要多喝水。"

"会完成每天两升的量的。"乔向英杰保证。

英杰看了看天。其实他看不到什么，山谷之间只有一线天，但也足够让他判断出天气不错。他又看了一眼手表。

"离日落还有不到五个小时。"

"那我们得赶紧出发了。"

英杰面露难色。

"我应该去的。"他嘟囔着。

"但是你不能。"乔实在地说，"所以我们去。"

"最后一件事。"英杰突然说，他拿起金属盒的盖子递给爱玛，"拿上这个。"

爱玛放进背包，位置刚刚好。

"为什么要让爱玛多背一个东西？"乔惊讶地问。

"哥哥的直觉。"英杰只是这么回答。

艾登帮女孩们系上雪鞋。男孩们抱了抱她们，送她们出发。

第 二 十 三 章

"滑" 雪

"小心。"乔对差点摔跤的爱玛说，感觉这是第一千次了，"弄断什么东西就不好了。"乔又说。

爱玛看了看她的雪鞋。

"一方面，我们不会一踩雪就陷到膝盖的位置，这很好。"她说，"但另一方面……"

"你要改变之前的走路方式。"乔也这么认为，"得让身体摇来摇去地走。"

她做出示范，两脚比平常又得更开，走了几步。爱玛也学着这么走。

爱玛遇到的问题是，雪鞋比一般的鞋要宽很多，如果像平常那么走的话，雪鞋就会撞在一起。你放下一只脚，再放另外一只脚的时候，雪鞋就叠在一起了。这时你再抬起前一只脚，就会……

就像踩到鞋带被自己绊倒。

爱玛发现如果集中注意力，就能掌握要领。诀窍就是忘记自己之前习惯的走路方式，不需要像一般行走时那样把脚抬得那么高，只需要比地面稍微高一点点，向前滑就行了。

乔说得没错。雪鞋很容易弄坏，修起来又很麻烦。她们要找到新的树枝和木头，从折弯树枝到做网，一切都得从头来。还是好好保护鞋子吧。

穿雪鞋走路还需要使用跟以前不同的肌肉发力方式。爱玛的腿部肌肉很疼，但她很快就适应了。

她们离开男孩们已经半小时了，水湾微微弯曲，看不到营地了。

两个女孩没怎么说话，她们必须专注走路，说话容易口渴。乔每隔一段时间就让两人停下来喝水，以确保在冰冷干燥的空气里不会脱水。她衣服里的雪也融成水了，喝完她又加满了雪，再继续前进。

几小时后，她们来到了冰川的位置。他们一开始把船开到这边就是为了看一看冰川，但现在，女孩们却只停下来喝了点水。

爱玛一边喝水一边抬头看着冰川，不得不承认，它真的很壮观。最前面的部分就是一堵冰墙，有几层楼高，和整个山谷一样宽。冰川上布满了泥土和石块，这是它在移动的过程中带过来的。爱玛想到了一些关于冰川的知识。冰川的形成源于大自然的力量，它一开始是结冰的河，数百万吨的冰从高处缓缓下移，沉入湖中，没有什么力量可以阻挡。一旦冰川决定开始移动，你唯一能做的，就是不挡道。不过，它每天的移动不超过一米，还是很容易逃开的。

冰川的最前面是一个斜坡，连着一片约十米宽的雪地。雪地过后，就是结冰的湖面。在冰面的前方，有一条深色的水沟。爱玛注意到那是一条小溪。为什么会有小溪呢？爱玛想了想，冰川最前面的部分一直在融化，因此有水流下来。融水的温度比雪和冰高一点，足以在冰中形成一条小沟。融水汇入湖中，重新结冰。爱玛想清楚了水沟形成的原理，对自己很是满意。

但为什么只在湖边才能看到小溪呢？她又花了点时间来想这个问题。

"我们走吧！"乔说。轮到乔背书包了，她一边走，一边扣上塑料扣。

爱玛突然明白了什么。

"乔！"她立刻喊道，"马上停下！"

第 二 十 四 章

雪桥

乔停下了，一只脚还悬在空中。

"慢慢往后退。"爱玛发出指令。

乔试着这么做，但穿着雪鞋后退几乎是不可能的。所以她还是先原地转身，再朝爱玛那儿走。乔抬了抬眉毛，表示疑惑。

"看。"爱玛指着雪中的沟，这是融水流过之后形成的，"这是从水管里流出来的吗？为什么我们在冰川附近看不到呢？"

"这个嘛。"乔四处看了看，然后快速走到最近的冷杉林旁边。她捡了一根树枝，抖掉上面的积雪，又往回走。走到爱玛那儿的时候，她放慢了脚步，一边用树枝在雪地里探路，一边朝前走。

一步、两步……

突然，树枝触碰到前方的雪，雪整个塌了下去，乔正站在一个有两米深、一米宽的大坑边上。

潺潺的流水声从下面传来。

"你是对的。"乔松了口气，"溪水被雪盖住了。这是一座雪桥，肯定无法承受我们的重量。要不是你提醒，我们就掉下去了。"

爱玛想到这里，不禁打了个寒战。如果她们从两米高的地方掉进小溪，一定会全身湿透，冷得发抖，可能还会有人摔断腿。那可有大麻烦了。

"我们不知道小溪的流向。"乔说，"所以必须要从能确保安全的地方通过。"

她们走到能看到小溪的地方，那里的水只有几厘米深，还有一些石块裸露在外面。她们先脱下雪鞋，然后踩着石头跳过了河。接着又在对方的帮助下，穿上雪鞋。

完成这一切后，她们起身的时候对视了一眼，都长舒一口气。

"好险啊。"爱玛说，她知道自己只是偶然看到了那条小溪。

乔举起树枝："从现在开始，我要一直用它了。其实一离开营地，我就应该这么做。"

她们再次出发。雪鞋在雪上滑过，乔手拿树枝，小心地走着每一步。

大雪会掩盖很多危险，在雪地中前行时，最好能拿着树枝一类的东西，边探路边前行。

第 二 十 五 章

捕猎的"老虎"

虽然路程还未过半，但女孩们已经振奋起来了。她们继续朝岬角的尽头前进。只需走到目的地，再放出信号弹，她们的任务就完成了。水湾曲折，还看不到目的地，但她们能感觉到已经越来越近了。爱玛知道想要在野外生存，心态很重要，正面积极的心态对一切都有帮助。她现在的感觉好极了。

她们就这样一直走，用树枝探路，时而停下来喝水。也不知道过了多久，她们看到了远处水湾对面的营地。红色的船身在白雪的映衬下，格外显眼。

她们看不到英杰和艾登，本想喊一声"在吗?"又觉得不妥。水湾里太安静祥和了。

"他们可能在船里呢，比较暖和。"乔说，"为什么要叫他们出来受冻呢。"

所以她们没打扰男孩们，继续上路。

"看哪!"乔突然说，"蓝天!"

绕过一个弯，她们一下子就看到了水湾的尽头，还有开阔的湖水。山谷里的蓝天呈 V 字形，一直延伸到水面。

"离得不远了!"爱玛高兴地说。

怀着升起的期望，她们继续前进。不知怎的，爱玛觉得世界正在变暗，但很快又把这种奇怪的感觉抛到了脑后。前面明明是充满光亮的，朝山谷上看，天空也是蓝蓝的。

她拉起袖子看了看表，是啊，还有两个小时太阳才落山，可以走到的。

没过多久，乔说："我觉得那里就是岬角了。"在山谷的这一边，前方的地面开始倾斜，直至冰面。

"快到了！加油！"

也不知道为什么，直觉让爱玛忍不住四处张望。可能是因为天快黑了，哪怕现在仍是白天。前方阳光充足，也没有任何东西遮挡。也就是说，如果有什么的话，一定是在身后。

她转过头，深吸一口气。

"天啊！"

身后的暴风雪如捕猎的老虎那般向她们扑来。黑云裹挟着大约一百万吨的雪穿过山谷，向她们这边移动。她们之前所到之处已经全都消失在大雪之中，一场和昨晚一样的暴风雪就要袭来了。

"我们怎么会没看见？"乔深吸一口气，"英杰说过，可以看云识天气！怎么会错呢？"

"我们其实看不到云，对吧？山谷太高了。"爱玛心情沉重地说。

她朝岬角那边看了看，心里盘算着。虽然已经很近了，但她们在暴风雪降临之前肯定到不了。就算可以，就算有人看到了她们的信号弹，也没法及时进行救援。她们只会在空旷之处，被困于暴风雪之中，这是致命的。

爱玛做出了决定，不能再继续前进了。她迅速坐下脱掉了雪鞋。

"你在做什么？"乔问。

爱玛跪下来，一拳打穿了雪上的薄冰。正如她猜测的那样，冰面之下，都是软软的粉末雪。

"你在干什么？"乔急切地问。

"我在电视上看过，但自己从没试过，我们可以在雪里避难。没时间了，快来帮忙！"

第 二 十 六 章

雪穴

乔想了一下，也脱下雪鞋，跪在爱玛旁边挖雪。

"我也看过，还记得。"她说。

她们在挖一个雪穴。听上去很疯狂，在一大堆结了冰的水里挖洞，以此来保暖？但是雪就像泡沫，每一片雪花外都包裹着一点点空气，这些"泡沫"可以将风隔绝在外。

"首先，我们需要挖一个隧道作为入口。"爱玛说。

雪花已经飘落下来，女孩们一起使劲挖呀挖呀，无暇顾及暴风雪到哪儿了。暴风雪是无法阻挡的，她们不能停下来。

挖雪的工作很累人，也让人烦躁。她们试过把双手当作铲子来挖雪，可每挖一次，就会有一半的雪掉回洞里。

"啊！我竟然忘了！"乔突然说，"我聪明的哥哥！"

她抓起背包，拿出出发前英杰给她们的金属盒盖。把盖子当铲子用，她们终于有了进展。雪花在她们身边飞舞，越积越厚。

姑娘们齐心协力，在雪地里挖出了一条隧道。隧道微微向下，刚好够一人通过。一开始，她们只是把挖出来的雪扔在身后，但爱玛想起了一个重要的细节。

"你继续挖。"她对乔说，自己开始铲松散的雪，双手用力一挤，压成硬块。

见乔正疑惑地看着她，爱玛解释说："风会直接吹进来。我们要做一小堵墙，挡住风。"

爱玛只花了几分钟就做好了齐腰高的墙，又继续去帮助乔。两人按照之前的方式挖，慢慢地，一步一步来，不要太快，也不要太慢，保持节奏。过了十五分钟，隧道的宽度够两人并排蹲着了。她们已经在雪地之下了，风在头顶上呼啸而过，大片的雪花密密匝匝地从天而降。每次爱玛探出头来，都只能看到几米远的地方。

雪穴不到两米深，但和外面已经很不同了。关键是外面那致命的冷风吹不进来。依靠她们的体温，雪穴里面已经暖和起来了。

但这还不足以救命。

"我们已经挖好了入口，"爱玛说，"现在需要挖一个大洞，作为房间。开始往上挖吧。"

第 二 十 七 章

雪中过夜

女孩们改变方向，开始朝上挖，但要小心不能挖穿了上面的雪。她们在山脚下，所以雪自然而然是向上堆的。

这一部分花的时间更长，大概一小时。挖到最后，她们又累又渴，浑身是雪。她们根据自己的判断，还有在贝尔·格里尔斯节目里学的那些方法不停地挖。外面几乎全黑了，她们只能看见对方的轮廓。

爱玛拿起背包，准备用它堵住洞口。

"啊!"她深吸一口气,"我差点忘了!"

她最后一次爬到洞外,厚厚的雪吹过头顶。她要拿的东西在几米外,有一半已经被雪埋了,但依然能看到轮廓。

那是她们为了挖洞脱下的雪鞋。明天还要用呢,今天不拿,被暴风雪连夜掩埋后,就找不到了。

爱玛正要往外爬,又停住了。

"乔,"她叫道,"你能出来一下吗?"

等到乔来了,她才继续向前。

如果四面八方都是白茫茫的一片且毫无参照物,是有可能发生危险的。唯一认得的方位只有下方,因为有引力。虽然雪鞋只有几米远,但仍要小心。

爱玛拿到了鞋,转过身就发现自己迷路了。洞在哪儿呢?

还好她有朋友在。

"乔!"她叫道,"你在哪里?"

"这里!"

爱玛踉跄地朝乔的声音走去,乔突然就出现了,是雪中一个黑色的轮廓。爱玛手拿雪鞋爬进洞里。

"拿到了!"

都差不多安顿下来了。爱玛终于用背包堵住了洞口,以帮助雪墙挡风。光线更弱了,但她们对这一切很满意。

爱玛和乔在隧道旁边又挖了一个一米高两米宽的房间。这个两米包括隧道尽头的一部分,以及高一点的平地,刚好够她们两人并排躺着。房间比隧道高,因为她们是向上挖的。房间也在避风处,因为冷空气会下沉到隧道的最低点。她们的体温能让房间变得温暖。

"我们把水喝完吧。"乔建议道,"我知道哪里能找到更多。"

暴风雪求生知识六

在雪地里挖掘雪穴，可以躲避致命的冷风，保持温暖。

融化的雪水还有半瓶，爱玛觉得有点渴了。女孩们一人喝了一半，乔又去装了满满一瓶雪。

"明早起来第一件事情就是喝水。"她在黑暗中说，"这让我想起来了，还有一件事没做。我们要把墙弄平，要不然气温上升后，墙就会开始滴水。"

她们只能摸黑干了，每人负责一边。

"我们要在这里过夜了，对吧？"爱玛轻声说。她们的任务是在日落前点燃信号弹，这显然已经不可能了。

"我们别无选择。"

"我知道，但是我们的父母一定急疯了。"

"根据你跟我说的，你们经常遇到特殊情况，他们可能都习惯了。"

"也是。"爱玛不得不承认，"但是我们还从没被困在暴风雪里。"

"他们肯定会担心，但他们也知道我们四个人能够应对。我爸妈就是这么说的，他们对我和英杰有信心。"爱玛听到乔笑了，"但这回他骨折了！"

"希望男孩们没事。"爱玛说，心里在想着艾登。

"没问题的，男孩们会在船下避难，船跟这个雪穴一样防风。他们还有火呢。"

"没别的办法了。"爱玛同意说，"我们应该睡会儿觉了。"

"一般这是度过夜晚最好的方法。"

她们并排躺在雪上。爱玛很庆幸她们俩的外套很厚，而且是隔热的。没有外套，地上的雪会直接吸走她们体内的温度。

爱玛也不知道要多久才能睡着，今天发生的一切仍在脑中打转。

但让她惊讶的是，睡意渐渐袭来。

洞里的空气是静止的，几乎没有一点风。在外面的时候，暴风雪在耳边咆哮，在洞里，这声音听起来却像是舒缓的低语。洞里算不上暖和，爱玛知道气温仍在零度以下，这也是必要的，不然雪会融化，洞会塌。但隔热的防雪服让她们的身体保持温暖，她们是安全的，避开怒气冲冲的暴风雪是正确的选择。

"我们会没事的。"爱玛想着想着，就睡着了。

第 二 十 八 章

点燃信号弹

一声低吼和胃里的阵痛惊醒了爱玛。她吓得坐了起来，又冷又不知所措。

她的头撞到了洞顶，不到一秒钟，她就回过神来了。

她和乔在雪穴里过了一夜。好饿啊！原来是胃在"低吼"，疼痛的感觉只是因为饿了。上一顿她只吃了四分之一条鱼，那是很久之前的事了。

一束光穿过隧道尽头的背包。听不到暴风雪的声音了。

"我好冷。"旁边的乔说，"全身僵硬。"

"小心，"爱玛赶紧提醒，"别……"

乔已经坐了起来，头撞在洞顶上。

"啊！"

"撞了头。"爱玛这才说完了刚才的话，"我觉得外面没事了。来吧，走完最后这段路！"

完全没有继续在这儿逗留的理由。她们爬下隧道，爱玛使劲推了推背包。背包上有一些积雪，但还是一下就被推开了。明亮的阳光洒了进来，她们不得不使劲眨眼睛，以适应突然的强光。

然后她们从避难所爬到雪地上。

天空很蓝，山谷的这一边光洁明亮，焕然一新。到处都是光滑的白色，开阔的湖水在阳光下闪闪发光。

两个女孩并没有心情欣赏风景，都迫不及待地想要走到目的地。

她们坐在雪地里，帮对方穿好雪鞋。

"走吧！"爱玛说。

她们向最后半英里进发。

她们都没怎么说话，也没什么可说的。爱玛满脑子都是到了岬角后会发生什么，她们会点燃信号弹，信号弹会被看见，会有人来救她们……

希望如此吧。如果没人看到呢？

不会的，她坚定地告诉自己，千万别这么想，为自己无法控制的事情担心也没用。只做好你能做的，其他的事情管不了这么多了。

乔突然停了下来，爱玛不解地回头看去。

"有什么问题吗？"

乔抬起头，举起一只手示意爱玛保持安静。她们一动不动地站着，现在爱玛也听见了。

隐隐约约有嗡嗡声。是发动机的声音。

"湖上有人！"乔喊道。

"快走！"

她继续往前走，步子比之前更快了。

之前岬角看上去那么近，现在它似乎再也没有靠近过。距离总是那么远，令人沮丧。

走过一个小雪坡，总还有一个。

雪坡突然就没有了。她们走过最后一片高地，眼前就是湖了。白色的冰和蓝色的水被嶙峋的山峰环绕，一直蔓延到远方的长白山。

大概一英里外，有什么东西在湖面的水雾中穿行。爱玛想了一会儿才意识到那是什么，它比船开得快，开得稳。

"是气垫船！"乔喊道，"科学研究所用的。拿出我们的信号弹！"

爱玛放下背包，拿出信号弹。两人仔细看了说明书。

"取下红盖子上的黑盖子，露出粗糙的表面。"乔说。

爱玛用指甲揭开信号弹顶上的黑盖子。盖子下面是一块像砂纸一样粗糙的表面，大小大概和硬币一样。

"背风站立。"

爱玛小心地调整站位，确保是背对着风的。

"握紧信号弹。转动取下盖子，露出点火器的按钮。"

爱玛紧紧握住信号弹，乔取下红色的塑料盖，盖子下面有一个小黑点。

"用点火器划盖子的表面。"

爱玛继续抓紧信号弹，乔用红盖子上的粗糙砂纸使劲划了一下。

没有反应。女孩们互相看看对方。

"再使点力？"爱玛建议。乔点点头，又拿起盖子，用尽全力划了一下。

一股黄色的火焰从信号弹的末端燃起来了。它劈啦啪啦地摇曳着，似乎在积聚能量，直到喷出一团厚厚的红云，味道刺鼻，像是烧着的焦油。

"把信号弹对准救援船。别举过头。"

爱玛依照指示把信号弹对准气垫船。红烟挡住了爱玛的视线，乔走到一旁躲开烟雾，朝远处眺望了许久。爱玛的手臂有点酸了，她不知道信号弹能烧多久。

"所以，"她问，"他们看到我们了吗？"

第 二 十 九 章

气垫船

"我们可以再去冰上钓鱼吗?"艾登问,他并不完全是在开玩笑。

一看到有暴风雪的迹象,男孩们就做了他们唯一能做的事情:躲到船里避难。

火堆边温暖又舒适,但必须要舍弃了。他们都知道不能在船里生火,烟是致命的。艾登曾待在着火的大楼里,并因吸入烟雾而接受检查。他可不想再这样了。

所以,一整个晚上他们都瑟瑟发抖。躺在防水布上，船盖在头顶，虽然很冷，但挡住了风。隔热的雪一层一层堆在船上，后来船里还变得更暖和了。

一开始艾登脑子里想的都是："爱玛还在外面！"

但他也知道，他和爱玛都看过在雪中挖避难所的节目，而乔就生长在这片山里。所以男孩们告诉自己，她们会找到最佳的应对办法的，那就没什么可担心的了。

在那之后，他们只能等待黑夜结束。

醒来的时候，天已经亮了，暴风雪已经过去。船上积满了雪，他们费了好大的力气才从里面推开船，站了起来。艾登马上开始做重新生火的准备，他们也不知道要在这里待多久，没必要继续受冻。

但有一件事他们不得不面对了。水虽然无限供应，但没有食物。艾登朝树林望去，试图记起树的哪个部分是可以吃的。如果他记得没错，松树的很多地方是可以吃的，树皮、树根……

英杰在雪地里来回徘徊着，试图让腿上的血液循环起来。这时，他们俩都听见了发动机的声响。

"去拿信号弹！"英杰急切地说。艾登已经在找了，但已经不需要了。

气垫船快速绕过水湾的转弯处，留下发动机的声音回荡在山谷之间。湖面上水花飞溅，气垫船径直开向冰面，丝毫没有减速。很快，它就像在水面驶过那样轻松跃过雪地，卷起了一场小型的"暴风雪"。

气垫船在几米外的地方停了下来。船上的舱口打开，里面的人是……

"爱玛！"

"乔！"

兄妹和姐弟朝对方跑去，紧紧抱在一起。艾登越过爱玛的肩膀看了一眼，眼睛睁得更大了。

"妈妈！"他喊道，"爸爸！"

第 三 十 章

错误、道歉和原因

"我必须向你们道歉，托马斯叔叔和托马斯阿姨。"

坐气垫船回程的路上大家都没怎么说话。艾登和爱玛很高兴能坐在妈妈的身边，被妈妈用胳膊搂着。乔和英杰坐在一起，但英杰大部分时间都望着窗外。他们已经打了电话，回去之后马上就看医生。

蒂姆·托马斯淡淡地笑了笑。

"你这么觉得吗？"

"因为我，您的孩子陷入了危险的境地。我也会向我的父母道歉，我也让乔遇到了危险，还弄坏了船。"

他们跟蒂姆和苏说了事情的大致经过。艾登看见爸爸的脸上显露出奇怪的表情，不是愤怒，而是恍然大悟。

"英杰，从你告诉我们的情况来看，你做得很好。"苏说，"你为旅程做了合理的准备，事故之后，你让大家都安全地上了岸，还保持着冷静的头脑。你唯一的错误就是没有告知其他人你们的行踪。这是一个巨大的错误，希望你未来会吸取教训。除此之外，其他的事情都可能发生在任何人身上。"

"不是这样的！"英杰吼道，"我了解这个湖！那块礁石不应该出现在那里，它应该被冰冻住的！"

"自从我们来到这里，"蒂姆像拉家常似的说，

"托马斯阿姨和我在发电站的工作就遇到了问题，数据对不上。"

带着疑惑的沉默持续了一段时间，只有发动机嗡嗡作响。蒂姆开启的话题很奇怪，似乎跟英杰之前说的没有一点关系。

艾登打破了沉默："爸爸，你是说发电站没法工作？"

"我的意思是，工作得太好了。发电站产生了很多电能，比计划中多很多。但是现在我们明白了，对不对，苏？"

"是的。"苏笑着说，"孩子们，这是地热发电站，从地球中汲取能量。"

"所以……"爱玛试图弄明白，"地球释放的能量太多了？"

"比我们想象中的多。"蒂姆同意道，"没有多到无法处理，但地热活动肯定增多了。记住，这些山是火山。"

艾登突然扭动身子，朝窗外湖对岸的长白山望去。

"你不会说火山要爆发了吧？"

"哎呀，总有一天一定会的，但还要等很久呢。"蒂姆笑道，"但是地底比之前更热了，如果湖水比之前的温度高，我一点也不会感到奇怪。可能只高了半度，但是英杰，那就足以影响冰和礁石的状态了。你不需要为地热活动负责。"

英杰心头的大石似乎一卜子落了地。

"谢谢你，托马斯叔叔。"他说，"这让我感觉好多了，但我爸妈可能就没那么好说话了。"

"恐怕这事我就帮不了你了。"蒂姆和蔼地说。

"我可以！"乔突然说，"你带上了那个金属盒子。多亏了你，我们才能用信号弹让别人找到我们。我们还用盒盖子给自己挖了避难所。刀子、钓鱼线……这些东西也都是你带的。"

"这个嘛……"英杰点点头，他既没有表示同意，也没有表示不同意，"你可以做告诉爸爸妈妈的那个人。"

"成交！"

隔着妈妈，艾登和爱玛相视而笑。艾登又转头朝窗外看去。当他看到城市后，船上的发动机的声音也变了。家越来越近，他们马上就要上岸了。

艾登最后看了一眼远处的长白山。他知道它是附近唯一的火山，如果爸爸说很安全，那他就没什么可担心的了。

但他也记得，整个山脉的形成就源于地下火，如果火越烧越旺……

好吧，这就有意思了，他心想。